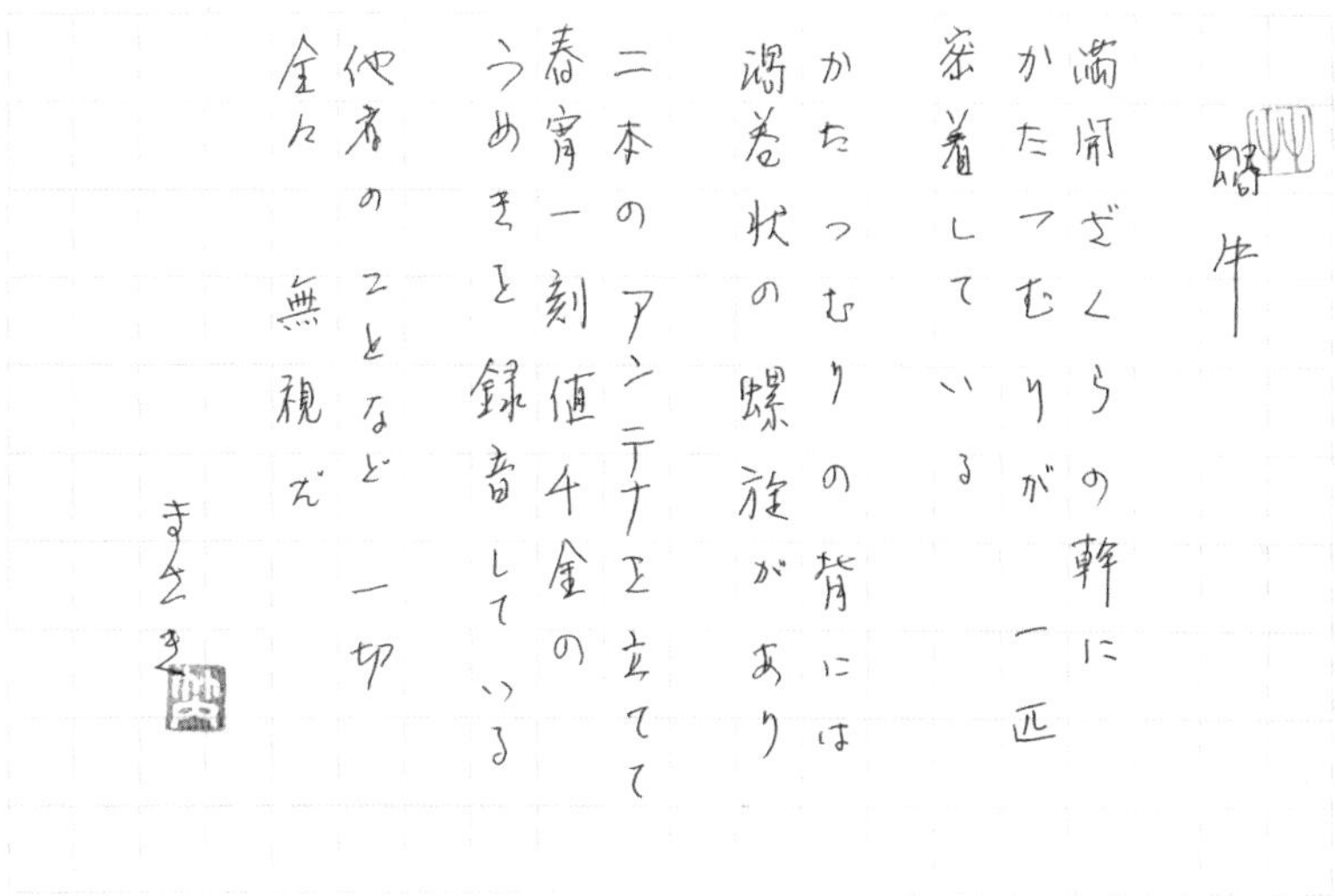
蝸牛

満開ざくらの幹に
かたつむりが一匹
密着している

かたつむりの背には
渦巻状の螺旋があり
二本のアンテナを立てて
春宵一刻値千金の
うめきを録音している
他者のことなど一切
全く無視だ

まさき

竹内まさき 詩集

九十路《ここそじ》の老春《はる》

竹林館

竹内まさき詩集　九十路《ここそじ》の老春《はる》

目次

I　老春のなぎさ

Ⅱ　夢

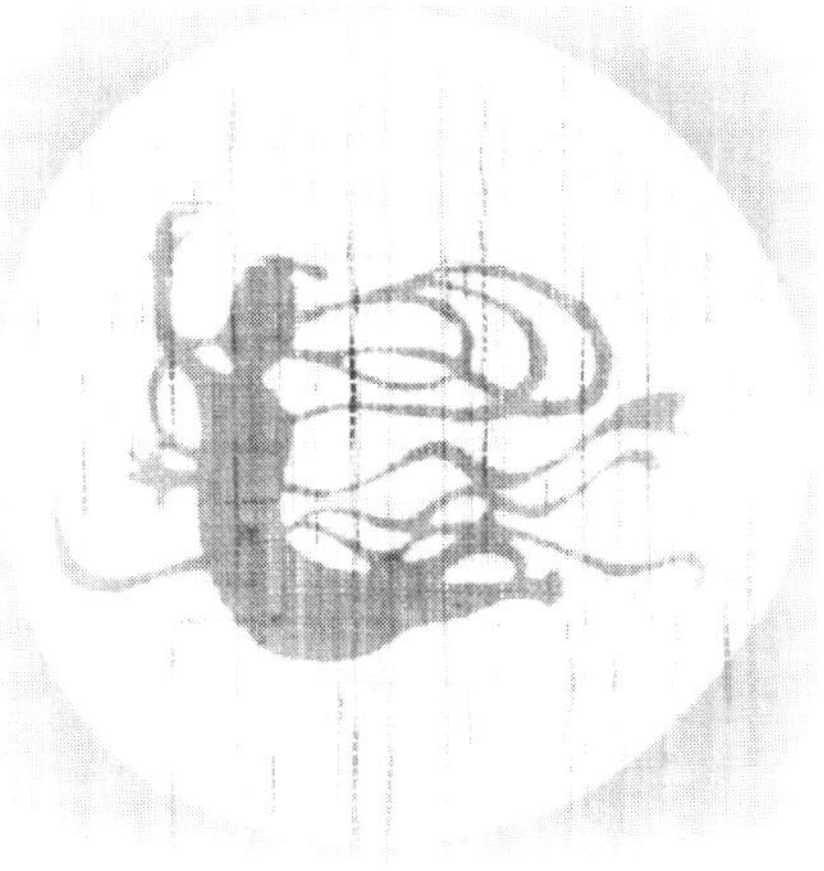

Ⅲ　未来欲

Ⅳ　葦茜

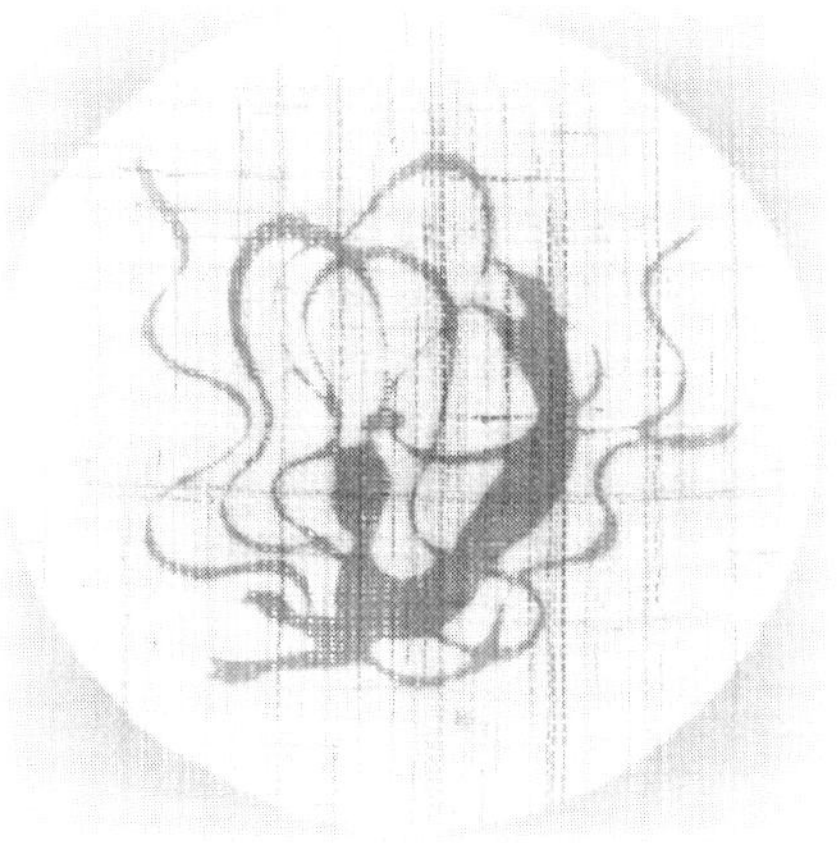

挿画・著者

竹内まさき詩集

九十路《ここそじ》の老春《はる》

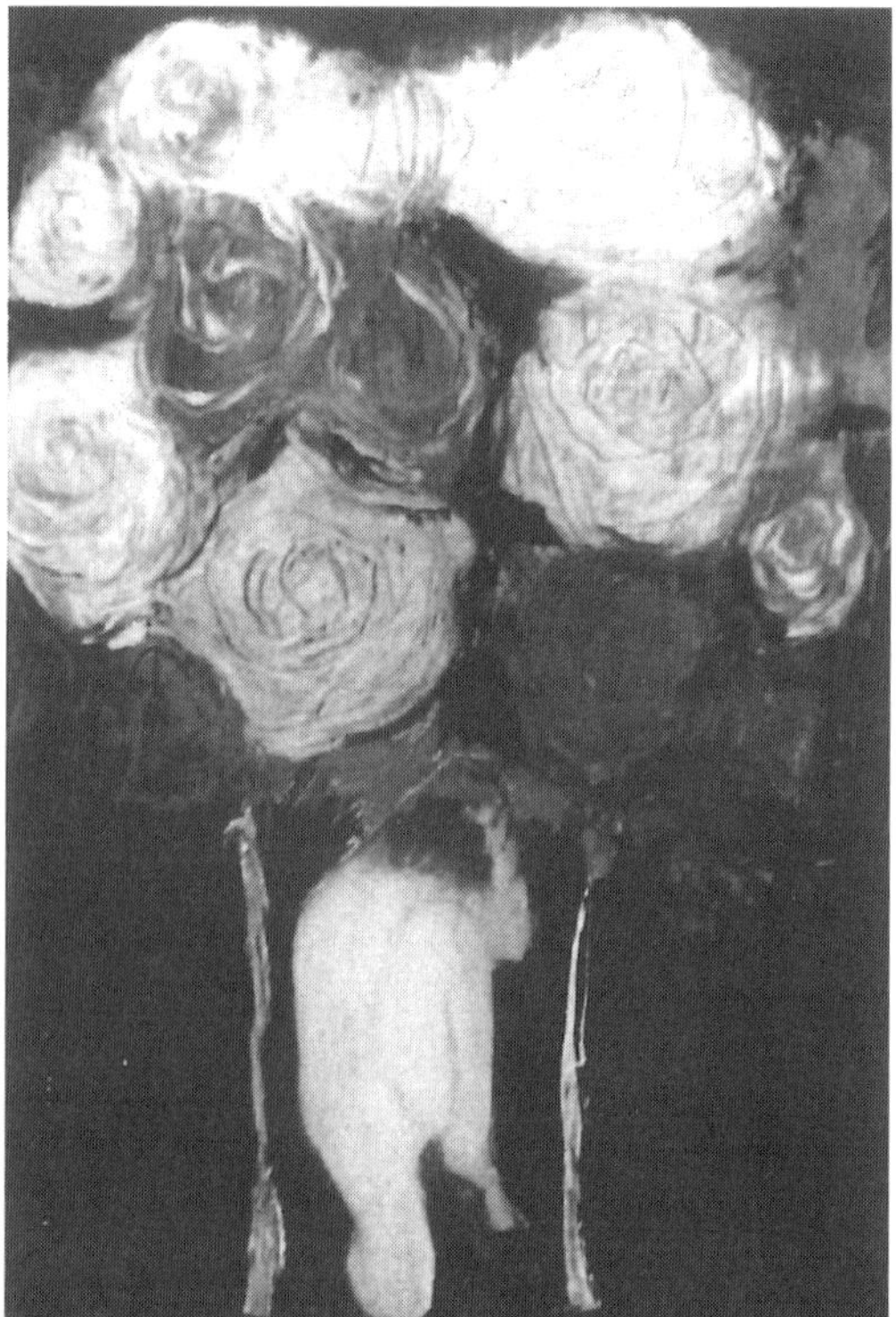

Ⅰ　老春のなぎさ

寂寥

たましいになってみる
寒空に月が走っている
うろこ雲の切れ目に　月が冴え
寂寥とした墓地のあとを照らしている

みなみへ行ってみる
南十字の満天星が　夜露に宿り
ゆっくり回る天体が　万華鏡にうつる
常夏の　ドリアンが完熟して
大きな　パパイヤの乳房が垂れ
ひと夜の　少女が孕んでいく

北方へ行ってみる
白い大地に　赤いニット帽
アザラシを射止めた生血のスープ
まわし飲みする　強い絆
いのちの　つながりがみえる

西方には
氷河の崩落がつづいて
オーロラが　発狂して
グリーンの閃光がスローモーに消え
地軸が　傾いでみえる

蜃気楼

朝霧が　そのまま夜霧になった
夜霧が　そのまま朝霧になった
そして　昼夜霧中の夢に閉ざされて
九十路の老春には　蜃気楼がみえてくる

霧中の幻夢に　たましいが宿される
没年が隠されているのも　わかる
頼りの頭脳が梗塞の幕を下ろすか

霧中の幻夢は　たましいを呼びさます
うっすら陽が顔を出してきた

「太陽は　夜を見たことがない」
「人間　最大の嘘は神をつくったことだろう」
と　詩人の杉山平一氏の一行詩が現れた

と　霧中の夢が不可知な独り言を吐いた
「神が　人間の頭脳をつくったのだ」
「その人間の頭脳が　神をつくったのだ」と

霧中の幻夢が　霊感を呼んだ
生命が命をつくった永劫の循環をみる
「袋綴じのＤＮＡ　人間百花繚乱だよ」

なんて暢気なことを言っているのか
そのうち抑止力が連鎖反応を起こし
猜疑心が発狂しかねない

老春のなぎさ

九十路半ばに裸婦を描いている
美のタブローは「薔薇の妖精」に決めた
その絵にうす紫の蝶が冥界から飛んできて
裸婦の乳房にとまろうとしている

わが尊敬する詩人　堀口大学先生は
米寿になって文化勲章を受けられた
「門がまえゆかしき奥にひそみ咲く
　そのししむらの花の恋しき」と詠われた

サヨナラの先達詩人たちの遺訓は

「生涯青春の気概を持続せよ」という
老いて官能美も萎えては痴呆が近づく　と

老春のなぎさには生命の繋がりがみえる
遠い海鳴りの彼方から響きあう貝の歌
本能に生かされてきた　いのち
未来永劫につづいていく
いのちが生命をつくれる　連鎖

この世のなぎさには
海鳴りの潮《うしお》が押し寄せてくる
恐怖（核）の抑止　こころと心
猜疑心こそ　鎮まれよ

太陽の子

十三夜の月が顔を出している
カレーを煮詰めたときのクレーターが
月面のアバタに見える

太陽は　冷却してしまった月を見て
地球にはマグマを燃やしつづけて
何万種の命と頭脳をもつ人類をつくられた

と　いまぼくは加齢をたべながら
九十路半ばのメッセージを考えている
余生僅かな火照りがつづいている

加齢のおかげで　いのちの名残りが
人類愛に気付かされたのだ
この　いのちの火照りは人類未来派だ

太陽から生まれた地球もマグマを燃やして
人類は　いのちをつなげてきた
あけぼのの朱色　茜は血染めの歴史

地球人は　みんなマグマが火照る
生命つながれた　太陽の子だ
朝な夕な燃えている

たき火の噺

くすくす　くすべが燻《くすぶ》って
ひとすじの煙が　晩秋の空に棚びいて
郷愁の匂いがしている

落葉や芥《あくた》をかき集めて
くすくす　くすべの煙が立つところを
棒切れで　せせっていくと
ぱあっ　と炎が燃えあがる

むかし　ねんごろたき火で聞かされた
大人たちの　よもやま噺

「たき火せせりは　後家せせり」
「火の気のないところに　煙は立たん」
「焼ぼっ杭に　火がついた」

くすくす　くすぶった邪恋が
ぱあっ　と炎を燃やした焼ぼっ杭の
風のうわさに　聞き耳たてる

人の世は男と女の　本能美学で生きる
光と影の　裏と表のさかいめから
ひとすじの煙が　立ちのぼる

人は燃焼して生きていくのだ

貴婦人

貴婦人が豪華な水玉模様の黒扇で
風を呼んでいる
そのうすく透けた骨の襞から頬をなぜ
おくれ毛が耳朶をくすぐっている

その黒扇で呼んだ風が
メイクの美肌を匂わすほどに
黒い羽根の水玉模様の艶やかな
黒蝶に変身していく

黒蝶は　その水玉模様の羽根の奥処に

極秘の匂い袋を秘めていて
その媚びる眸と　匂える体臭で
悩殺してしまうのだ

黒蝶に　みそめられると
なまめかしい　金縛りで
抱きすくめられてしまう
もう　どうしようもないときめきのまま
打ちのめされてしまう

貴婦人は豪華な黒扇で風を呼んで
美肌を匂わせて洗脳殺していく
数奇な黒蝶の魔女だった

フルート幻想

長髪の半裸に近いドレスの奏者が
銀の笛に　くちづけて
おもむろに息を吹きかける　と
ほろろ　とした手弱《たお》やかな旋律が
辺りのものたちの耳を欹《そばだ》てる

ぼくの心耳にも　ほろろの低い旋律がきこえ
急に辺りを劈《つんざ》く　ぴろろの高音がひびき
また　ほろろの低音にころがっていく
そんな　リフレーンの得意な奏者は
自由自在に吹きまくる　妖精になっている

フルートは　吹く息で管も熱くなる
息の渦は指の絶妙な微動によって
ほろろろと　忍《しの》び泣《な》くこともできる
その余韻の　のびやかな音域に吸収され
くちづけた奏者が高揚して吹いている

その曲は　タイスの瞑想曲か
ローレライか　それとも
　愛の讃歌か……

旋律とともに妖精の幻曲がなまめいて
息が切れそうな　ぴろろろとほろろろの
魔笛に酔わされてしまう

頻尿譚

前立腺肥大で頻尿になり排尿回数が増えた
お漏らしの当てが外れて　失禁する
おとこは凸だから　当てが外れやすい
おんなは凹だから　ぴったりくい込む
当てが外れる　という語意の可笑しみ

泌尿器科の医師は　骨盤に器具を押しあてて
エコーの説明をしてくれた　それは
前立腺と睾丸で精子がつくられて……
受精卵が分裂して60兆個の細胞が……
人体がつくられるのだ　と……

食は口から胃へ　そして腸で大と小に
仕分けられて　排泄されていく
肛門筋の　磯ぎんちゃくがゆるみ
排尿口は　ちぢかんだままだ

神経が誤作動を起こして尿漏れていく
にじむ滴が止められぬ
――ああ　何たることか――
九十路半ばで　当てが外れる

愛欲が高揚して漏れたむかし
塩吹きあわびのなぎさでは
胎道のみちあけのよろこびが――

卑弥呼

五感の鋭い全裸の原始人たちの咆哮
その強烈な愛慾の雄叫び
けものみちから抜けだしたばかりの
旧石器時代　新人類《ホモサピエンス》から凡そ20万年
列島に人類が到着して凡そ4万年という

火を使用して煮て焼いた食文化と共に
形象文字や言葉も増えたであろう　が
海魚を　獣肉を　そして磯の貝を食べたから
脳の容量が増えた　と貝塚からのひらめき

竪穴住居の縄文人たちの平安がつづき
火炎土器の埴輪や土偶をつくっていた
弥生に稲作が始まり　ふと瑞穂の雨上がりに
大輪の虹輪がかかり　卑弥呼が誕生した

卑弥呼は目に見えぬ匂いや霊感を
呪文の言葉に高揚させ暗喩めいた声明を
経文にして極秘のたましいを作法にした

奇蹟を洗脳したのが宗教の原型だった
たましいの言葉が経文になって
巫女が支配した邪馬台国はどこにあったか

愛縛清浄《あいばくせいじょう》

死斑黒子が顔をおほっても達観してみせる大僧正がいた　往生前夜が近づくまでに　邪淫を慥《たし》かめたいという情欲の糸にひかれて　うす紫の眼鏡に長袖の黒蝶に変身して「愛縛清浄」の経を唱えながら　密かに宵闇の祇園の馴染茶房に消えた

腹上涅槃の仮死に挑むとなればそれなりのつゆ払いの儀式を済ませねばならぬはず　うす暗い行灯に香をきく黒蝶の袖の下　庶民が貢ぐこの世のお布施という浄財が　女誑し《おんなたら》の

邪淫と引きかえに　堕喜の涙をこぼさせる極
楽往生をかいまみせる　そんな仮の情死《タナトス》が赦
されていいものか　その死床にたどりつくま
での本能美学を天倫と思召《おぼしめし》か

その情死の域に到達できる操行を共にする
顔馴染の花魁《おいらん》まがいの多情仏心　いのちが命
をつくれる行為が　あそびの範疇になってし
まった「愛搏」が　人間界だけに開襟された
のは　愛欲仏の思召だろう

ああ　禁欲という情欲も　祈りつづける愛欲
末期の　古い伝統儀式に刷り込まれた　うす
紫の霊界に煩悩という遺伝子の配列がみえる

海鳴り奇譚

海鳴りの不可知なうめきが聞こえるところの
難破船は海底で魚介類の住処になっている
なかでも古壷は　古備前ものか常滑か
蛸のめおとが住みついている
古壷の底は千両函の金貨が重しになっていて
砂に埋まった大判小判の包みがみえる
蛸のめおとはその金貨が邪魔で仕方ない
たえず太い股足の吸盤をよじらせて
大判小判を外へ放り出そうと　もがく
股足の太い吸盤で一枚一枚吸いつかせて
器用につまみ出す学習を身につけた

蛸のめおとは古壷の口のくびれがお気に入り
もしかして古信楽の名品かも知れんのだが
大判小判を全部外につまみ出して
居心地のいい夫婦壷の住居にしていった
外に放り出した大判小判は光沢を放ったが
南蛮渡来の鉄砲商人との慶長財宝通貨であり
鉱夫の生霊を吸いとった怨霊の金貨なのだ
戦国動乱の覇者は戦《いくさ》のつぼを知っていた
火縄銃の二段隊列が天下をとっていく
南蛮船は出島沖で一夜の嵐で難破したという
ときに　古壷の行方を知っているのは
海の藻屑となった亡霊たちだが
不可知な海鳴りのうめきとなっている
蛸のめおとは数珠脚をたぐって聞いている

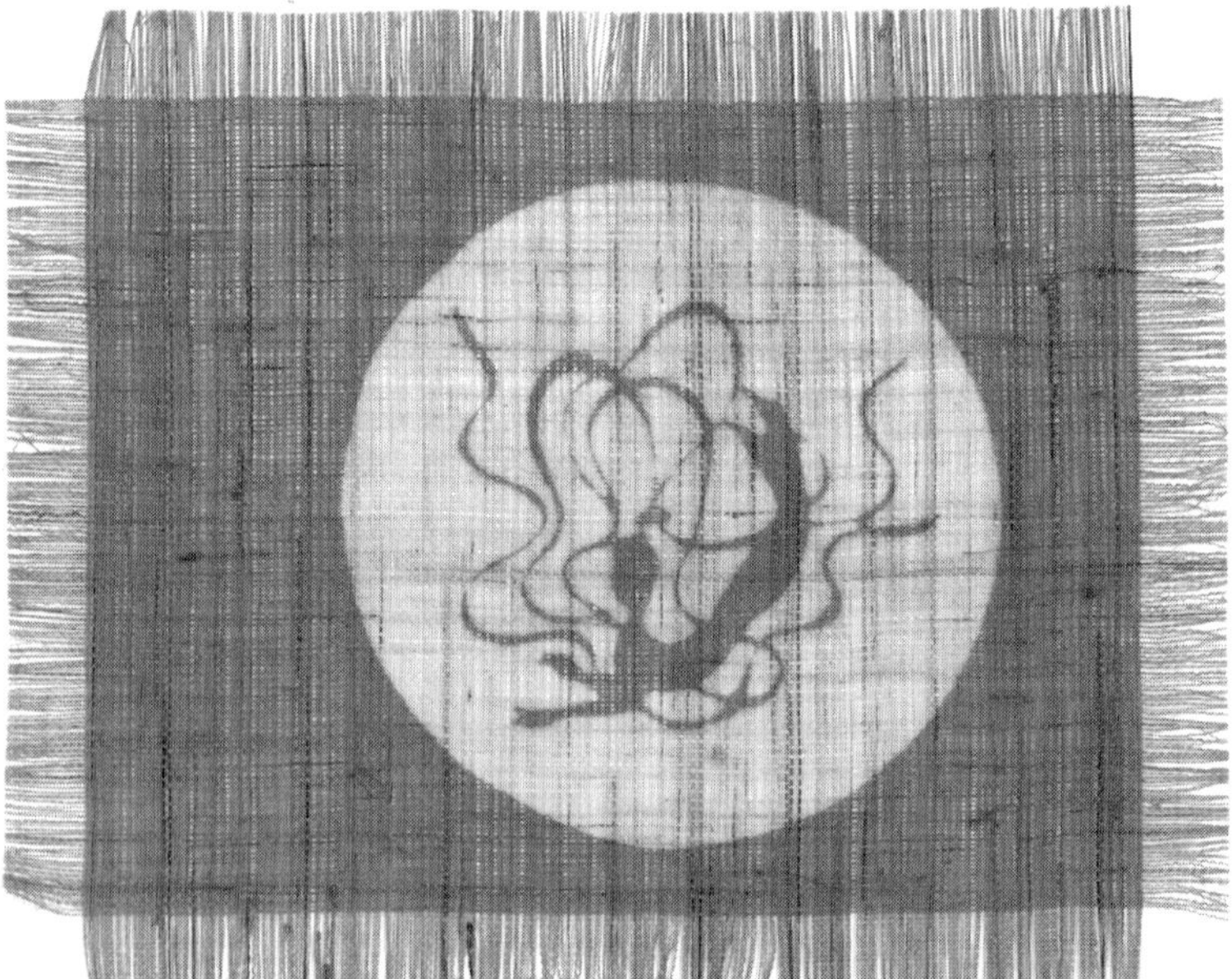

法隆寺献納宝物・灌頂幡（飛鳥時代・７世紀）より
天人を写し取ったもの
制作者：装飾美術ＳＩＶＡ

Ⅱ

夢

夢〈トロイメライ〉

星空を見上げていると
あの世がみえる
不可知な星の　またたきが
逝ったひとの　眸にみえる

そうなんだ
あのひとの片眸《ウインク》を感知したとき
こちらも盲《めしい》になって合体してしまった
あれから何十年も歳月がながれているが
追憶の星の　またたきになっている

あのときの
ときめきを懐かしむように
九十路半ばの霊感に　ひびいてくる
「夢〈トロイメライ〉」を聞くたびに
バイオリン独奏と合奏のリフレーンが
幾重にも奏ぜられて脳裏に沁みてくる

そうなんだ
あの高揚にときめいた
抱擁のまんま聞き惚れた曲だった

バイオリンの魂柱がひびく霊曲に
恍惚の陶酔狂が一瞬の閃光を曳いて
虚空に堕ちていく――
そんな陶酔《ナルシス》の　残像がみえる

黒い眸

星空を　みつめていると
またたいてくれる　星がいる
何億光年という　遠方の光なのに
ひと目で捉まえる　眼は素敵だ

天体は　見詰めればみつめるほど
ブラックホールにすい込まれそう
見詰めていると　またたいてくれる星は
相性のいい　ひと目星なのだ

そのむかし　小学校の校庭で

五つ年下の可憐な少女と眸が合った
微笑みの含羞《はにか》みの黒い眸だった
ただ　それだけなのにひどくときめいた

人体は六〇兆個の細胞から出来ているという
あのブラックの眸にすい込まれそうな
遠い昔のときめきを　今に思い出させる
頭脳の構造をおもうと素敵なことなのか

幻覚する黒い眸に霊感がはしる
――あの少女が生きているとすれば九〇歳――
――黒い眸のままの美学がときめいて八〇年――

もはや没年と共に天女がみえてくる
黄泉の彼方に黒い眸が――

落椿〈おちつばき〉

蹲《つくばい》に　落椿が浮かんでいる
深紅の花弁は　くちびる
花芯は黄色の　花簪《はなかんざし》

祇園小路で　すれ違ったコッポリ
その豪華な　だらりの帯の
つくられた伝統美の　すがた

春蘭が萌えている　軒下を
冬衣のまんまで通りすぎる　某《それがし》の
何と野暮ったい　九十路の老春よ

「かにかくに祇園はこひし寐《ぬ》るときも
　枕のしたを水のながるる」（吉井　勇）
「春宵の匂い桜も散りそめし
　もやい枕の夢まちひとよ」（まさき）

花街の形にはめられた　お接待
初な身丈に　しつけられる
媚びる　甘える　花舞妓スマイル

日本髪で結いあげた鬢《びん》の形が舞妓のしるし
あどけない頤《おとがい》から首すじの湯上がり素肌
〝おやすみどすえ〟花簪の落椿

やぶ椿

花粉症にひ弱い　お婦人《ひと》やから
夢二絵の　柳腰の独り身の師匠《ひと》やから
家に閉じ籠ったままの　ラブコール

やぶ椿の下り枝を届けてあげると
最高の花材だと云って　頬ずりする
蕾も　半開きも　全開きも活かす形がある

全開きの花弁の恥じらいは艶葉で半隠しする
固いつぼみも　半開きのほころびも
華道師範の　花じかけ

翳りをうつす三面鏡で暗示にかける

活け椿の花弁の　いろめきは
赤いくちびるに　妖精が宿る
みつめるほどに　艶っぽく妖変する

その紅い分厚い　はなびらに
そっと唇が触れた　とたん
しべが抜けて　落椿した

銀盤の淵に落ちた　はなびらを
じっとみつめるひとみ

野《の》薊《あざみ》

季節の花木を提供する某《それがし》の
花木を受け取って交歓《ハグ》してくれる
華道師範の仄かなメイクの香り

細い胸を抱くと　可憐さがよぎる
夢二絵の　かよわい腰もとをなぞり
清楚な野花を活ける師範の一途さ

いつも野花と　引きかえに
髪毛を唇でまさぐる耳朶の甘噛み
右も　左も

はじめて刺だらけの野薊を採ってきた
花香は肌身の匂いがする
その紅紫の燃えた　眉刷毛《まゆはけ》よ

何処をなぞっても刺激を秘めている
刺もつ花よ　くちづけもせず
そっと　みつめあった瞳がうるむ

耐病の生活に入っていくという
寂しい決別の薊になった
　野薊や　刺の眉刷毛　頬染めず

北帰行

春一番が吹いたので
白鳥たちの　北帰行がはじまる
湖北のバードウオッチングの館から
サン＝サーンスの「白鳥」が聞こえてくる

そのチェロのC線のふるえがA線に移行する
魂柱のすすりなき
茫洋としたリフレーンの残響に
夜明けの湖面が光りだす

竹生島が近影に現れて

水面のよしの葉陰のスクリーンに
白鳥たちが　白い翼を羽搏かせて
アラベスクのポーズをとっている
バレエに憧れてレッスンする
少女たちのけなげな　脚線美
おお　飛翔のポーズよ
白鳥たちの別れの儀式なのか
水面鏡にうつす白鳥たちの姿は
やがて　湖北の嶺線を俯瞰しながら
別れの北帰行することだろう

アカメ柳の鄙びた台地の湖面に
地かもや鳰《かいつぶり》たちが点在してみえる
湖の黒子か　雀斑《そばかす》か　白鳥は去りぬ

鳥瞰図

ピー　ヒョロロとご機嫌の笛を吹きながら
鳶が悠然と　海水浴場の上空を旋回して
人間の　裸像を俯瞰している

日射しが強い　海岸線の白いテントの群れや
砂浜のビーチパラソルに　たむろする
カラフルなビキニスタイルやサングラス

白波に翻弄される浮袋の人魚たち
潮のリズムにたわむれる水着の妖精たち
あんなに隠し処を大胆にさらけ出した

自惚れ女に　見惚れるおとこ
露出に開放された女性解放群像たち

この世に　こんな別天地があったのか
「蛤さがしの　貝あさり」
おとこが見据える風俗解禁混浴劇場

かつては恋の潮目に乗ったサーフィン
波乗り上手に　のりこなした仲なのに
メタボのヒップが　潮目にのれぬ

太古は　みんな全裸のにんげんだった
生まれたときのまんまと　鳶が鳴く
ピー　ヒョロロロ……

一枚のタブロー

びわ湖の　なぎさに佇んで
しぐれ虹を　みつめていると
日射しが　俄かに妖変して
虹輪が二重に灯った　そのとき
幻覚の天女が　具現するのをみた

それは　九十路の老春のアトリエに
羞恥のポーズをとったままの裸婦たちがいて
もう少し品格を与えてほしい　と
じっと　こちらに媚びている

もっと品格も貫禄も　どっしりとした尻《ヒップ》に
魅了される強烈な磁場を密ませてやりたい
きっと　没年を見据えてのことだろう

詩と絵のコラボ霊感で　合体させねばならぬ
裸婦の隠処に密まった美神よ
どこまで具現させられるのか
裸婦に品格を与えると　美神が消える
天女に羽衣を脱がせると　仏画になる

――はたして　裸婦に品格ありや――
裸婦は「永劫不易の美の規範」なのだ
本能美学の　根源なのだ

あやめの妖精

あやめの雨が　降っている
紫紺のつぼみが　ふくらんで
咲きそめた　濃むらさきの初々しさ
水辺に映した自惚れの　すがた
あやめは紫紺の妖精を密ませる

あやめの雨が　歌っている
カラオケのスクリーンにアップされた
あやめの歌姫は濃むらさきの和服がお似合い
花のくちびる黒い眸が媚びて離れない
その妖艶な眸に恋情した男が殉死したという

あやめの雨が　哭いている
人間は殉死の出来る魂をもっている
それは　あやめの妖精に密まった一途な
たましいの求心力に合体した純粋無垢な
魂が陶酔死《タナトス》に堕ちてしまったのだ

あやめの雨が　止んでいる
美に陶酔する　たましいは蕩ける
純化され　詩化され　殉死する
あやめの妖精にとりつかれた恋情死の
冥利にふるえてしまう

アカシヤの雨がやむとき

モーツァルトは（一七九二年）35歳で没した
ショパンは（一八四九年）39歳で没した
ともに早逝の天才作曲家である

ときに某《それがし》は九十路半ばの馬齢を重ねている
軽トラで街のカラオケ店に出かける
唯一得意の歌は96点もでる

「アカシヤの雨がやむとき」である
〝冷たくなった私を見つけてあの人は
涙を流してくれるでしょうか〟

と　歌詞が何と死人ください
だけど　たましいを唄った歌なのだ

その昔　一世を風靡した「別れのブルース」とか
「雨のブルース」も唄っている
それに「影を慕いて」も十八番になっている
何と八〇年前の歌謡である
夜中　ねむれぬときはハミングしてみる

没年とか　終着駅もやってくる
早逝した天才の名曲《クラシック》をＣＤで聞きながら
音楽で浄化される魂になりたいと思う

沼

夜になると　地面にわれ目ができる
抑えきれない　滲み出してくるものが
溜まりだして　沼ができる
朝になると　よどみも曳いて沼のわれ目が
しっとりと　濡れている

地中の情念が噴き出して　あぶれあぶれの
水溜まりに月が宿って底なし沼になったことも
その沼の上澄みに邪恋の花が咲いたことも
沼淵に棲息している夜光虫が夜ごとの光を
屈折させて　ぬめりを煽りたてながら

底なし沼に魔のときめきを密ませていた

この地層は　いつも微動していた
今は揺れも落ち付いて揺れ止んでいる
たまに痙攣を呼びおこすこともあるが
もう夜の沼はいつしか干上がってしまい
われ目も　うっすら苔が生えている

この地は半分が夜の闇路に浮かされてきた
地中の情念も　冷えて固まってしまった
某《それがし》は　幻視幻覚の日々と消え失せる寸前だが
ひとりでに底なし沼に堕ちていった頃の
あの　沼の呻きは忘れてはいない

Ⅲ　未来欲

飄風〈つむじかぜ〉

春一番が　吹き抜けた
裸木が目覚めて　芽吹きだすと
山が笑う　というが――

野洲中学校に　つむじ風が吹いて
いっせいに　ミニスカートになって
妖精たちが　おどり出した
春一番が咲いた　と思いきや

「ジェンダーレス」制服導入となり
中学校の男女兼用の制服が決まった

従来の男子はズボン　女子はスカートの
固定観念や社会規範を排する　という

男子のスカート制服も自由という
着用した生徒たちを見たいものだな
と云ったら　つむじ風が泣くだろう

フィギュアスケートの着衣は透けすけだ
その美脚が空を蹴って直立ポーズの
芸術性が評価されるのだろう?

そうだよね?
美脚をめぐる　つむじ風の
自然美《ナチユラル》も素敵だ

蜘蛛

天空に　蜘蛛がネットを張っている
すっぽり列島を　おおった
西高東低の　冬型だ

ネットに枝葉が一枚　ひっかかり
ふるえている
はるかな天空に弾道ミサイルが
糸を吐いて　列島をこえていく

蜘蛛は天性の構図の糸を風にそよがせて
ネットをつくる神わざ師だ

それは生きるための　生業だ

気象衛星のおかげで
天気予報がよく当たるようになった
「CO^2」
オゾン層に穴があき自然災害が牙をむく

そこへ権力くもがネットを張って
縄張り争いがつづいている
――一触即発の核をのぞかせたりして――

抑止力が連鎖反応を起こして炸裂する
悪夢がつづいている

未来欲

九十路も半ばになると　たそがれて
思考も　モノトーンに萎縮するので
ときに　大海原の潮流にのって
大白長須鯨のように回遊してみたい

遠方が　ゆっくり後方に移っていくのは
高速の乗物にゆられているのか
宙に浮いて全速で驀進しているのは
リニアモーターカーに試乗しているのか

没年がやってくる

銀河鉄道に乗っているような
ふわり　と宙に浮いて速度感がないのは
たましいになってしまったのか？

未来欲という子孫繁栄の本能美学がある
「敵基地先制攻撃（反撃）も自国防衛の範囲」
という言葉が飛び出した

一触即発の核ボタンが戦慄する
国家主義から　人類主義に生きられぬ
権力に口封じされた地球人がみえる

妄想狂歌

目を閉じて　耳を澄ましていると
しーん　とした静寂そのものが耳鳴りになり
耳蟬になって　鳴き止まぬ
静寂が心耳に響いて誇大妄想に耽っていく

静寂な湖底の　ヘドロの沈殿から
突如として　骸骨が起きあがり
縄文土器を抱えて踊りだす

または　心耳神経が脳宇宙から照射した
かすかな脳波が北極の天体スクリーンに

帯状のオーロラをつくりだす

それが螺旋状にわなないて　ふやけ
その淡い残像が　凍土に透視していく
と　シベリアの永久凍土から
マンモス象の化石が現れたり

ウイルスの原菌が発見されたり
それらがＤＮＡで甦ってくる　と思いきや
クローン人間がアニメで人権宣言をしている

アルマゲドン
秘密の人口衛星が　ボタンひとつで
大都市の上空で大花火を落下させる

音響

京阪みささぎ駅を通り過ぎたあたり
ごおー　という地下鉄特有の音響がする
それは人生の終着駅が近づいてきた
ぼくの脳裏に沁みてくる

ごおーという音響と共に
たましいは　昇天していき
骨灰だけが残される
骨灰よ　元素になった骨よ
たましいの　白い抜け殻よ

いま　九十路の半ばにいる
ごおー　という音響が身近に聞こえる
この世から　あの世への音響なのか
土に帰る？　天にかえるのか？

ごおー　という昇天のテクノロジー
宇宙旅行の出来る世になるのか
人類共存の世になるのか

ごおー　と昇天するテクノロジー
――核ボタンを装填するのか
青い地球よ　人類のふるさとよ

九十路のブルース

ぼくの心の中にマグマの燃えるわたしがいる
そのわたしを抑える　ぼくがいて
いつも燃えて抑えて　格闘している

ぼくの肉体を逆のぼると暗黒大陸がある
そこでつくられた生殖本能の頭脳が
種の根源を探ろうと　未知の領域に入り
本能美学の羞恥に　自虐が走る

九十路半ばになって歩んだ人生の裾野を
五十路　六十路　七十路　八十路と俯瞰する

それなりの悦びと痛みが傷跡をのこしている

人生の名残りも僅かな時間になった
地球の終末時計は一分三十秒前という
核の抑止力が人類の運命を決める
そんな警鐘を聞いて未来を憂《うれ》う

脳細胞がうすれゆく　その時点まで
人生の遊びハンドルの範疇の中で咲かせた
美が　愛が　詩が　すすり泣いている
九十路半ばのブルースが聞こえてくる

渚にて

みずうみの渚に立てば　さざなみの
よせては返す　息づかい
丸く重なりあった　小石たちも
ながい夢のゆりかごで　真砂になった
摩耗していくのは愛の渚なのか

劫初からのゆりかごで　何百万年の
時のながれの果てに浄化していくものよ

「君恋し」「別れのブルース」「影を慕いて」
なぎさで吹く　ハーモニカのレトロな音色を

独り愉しむ老春のなぎさがある
セルリアンブルーの比良連峰が聞いている

凪いで息が止まったような　ひととき
みずうみが甘えたような鏡になっている
耳をすまして聞いてくれる異界のひとよ

なぎさの小石たちがすっかり溶けて
無垢な無心な　言の葉が埋まっている
どこまで丸くなって摩耗するのか
手にとってみる　小石のまろみ
すっかり真砂になってしまっている
渚には　無口な言の葉が埋まっている

老春梅

梅の花が咲いた
しべの奥処を匂わせる
はなびらが散ると　しべがふくらむ
はなは　はじらうと
こころもつものは　うたう
花は匂う　いのち
妖精を宿している
――ときに移ろいめぐるもの――

この世に生まれて九十路半ばになる
我が家の老梅を　みつめている

古里の子供のころの遊び木の梅の木だ

子雀が巣立って初めて止まった青梅の木だ
その子雀の足を掴まえた記憶がよぎる
この梅の木を入植時に持ち込んで庭木に眺めて
半世紀になる

幹は洞になって樹皮は苔むしているが
香りゆかしい八重花を咲かす
老梅は凡らく二百年
老春梅も翁になった

Ⅳ　葦茜

葦茜《あしあかね》

厳寒で灰汁が抜けてしまった
あし枯れの西の湖畔で佇んでいる

とおく比叡を切り絵にして
落日がはじまる

あしの群生する水郷が茜に染まって
瑞雲がたなびき視界が火照る

あしあかねの水郷は
陶酔郷になる

脳裏に染みついた
刹那げな　言霊が蕩けていく
もう　残光も少ない
くれなずむ　生命をみている

渓流釣師（山女《ヤマメ》）

渓流の岩石の隙間から
翠玉色の出水が　あふれ
下へ下へと　段差をつけて
青淵に瀬音を　奏でている

渓流釣師の　秘かな美学
青い水面に　うつる銀鱗
〝山女の斑紋が透ける〟
虹色の婚姻色に染めている

無針疑似餌に　とびついてくる

その刹那　釣竿のときめき
一瞬　空に躍らせて　かえす
〝おお　それでいいのだ〟

渓流は宝石の造形配置だ
その屏風岩の先端で
コバルトブルーの　翡翠《かわせみ》が
すべてを　みつめていた

渓流釣師（甘子）

岩清水が水滴を垂らしている
その苔むした　滴《したた》りに　沢蟹が一匹
岩の割れ目せせりをしている

渓流の瀬音リズムに狂いはないが
岩淵を放っている　山椿が
一輪　ほろりと落椿した

一瞬　甘子がはねた
花弁は渦まく水面をさまよいながら
さざめのような方向に流されていく

透明谷《きわ》まる岩淵に住む
甘子の肌は婚姻色に染まり
渓流の華魚になっている

――岩淵に甘子斑紋透けて見ゆ――

ながいあいだ渓流釣りに洗脳されたが
もはや釣針のない竿を　無心にみつめる
静謐洗心の行者になった

枯葉よ

枯葉よ
今年も見事に　燃え散った
木洩れ陽の　プロムナード
ブナ科のナラ　コナラ　どんぐり
その固い実が　ころがっている

冬木立に　すけすけに
凛とした裸木林の吹きだまり
枯葉の堆積　分解　腐葉土になる
雨水が腐葉土のフィルターに染み込む

溶ける谷清水の　みずみちに
魚群が　たむろするだろう

枯葉よ
悪阻木《つわりぎ》に　花を咲かせて実を結ばせた
そして　紅く燃えつきた

枯葉よ
ほろり火照って落ちたか
お前の散ったあとに
春芽が　ねむっている

山のロザリア

ホルンを吹いている
金管の腸をしばれる楽器だ
腹の底から湿音を出している

失恋で赴任してきた先生は
忘れ得ぬ癒しの曲を吹いている
「山の娘　ロザリア」

山の分校が閉じられる
校庭の桜がふくらんでいた
生徒は　三人の少女たち

ホルン好きな先生が吹く曲を
少女たちは「ロザリア」になって
分校とサヨナラの歌にした

何度もくり返し練習した
閉校の日　少女たちは父兄と共に
ロザリアの歌を斉唱して別れた

先生はロザリアを愛しつづけた
ホルンの曲は　閉校のあとも
山に谺していている

註　「山のロザリア」はロシア民謡
作曲：丘 灯至夫／唄：スリー・グレイセス

失禁体操

肛門筋を　閉めて　戻して
はい閉める　戻して
放映される老人たちの神妙な顔

生理のことは　みんな同じよ
肛門筋体操よ　しめて　もどして
もっと強く　しめて　もどして

可笑しみが　愛《いと》しみの　哀《かな》しみになる
肛門の　ゆるみは　みんな同じよ
はい　閉めて　戻して

お爺のおもらしは　前から
「長いこと　精が出ましたね」
お婆のおもらしは　後から
「長いこと　おきばりやす」

閉めて　戻して
誤作動するひとは　尿パット
肛門筋の　生理寿命が来ています

閉めて　戻して　反応がにぶい
もっと強くしめてほしかった　むかし
開きっ放しは　ご臨終です

註　「精が出ます」「おきばりやす」　近江の方言

癌という字

食物があふれ　あふれている
残飯が米の収量を越えている
飢餓の時代があった

米一升で女があやしくなった
裁判官が配給食だけで病死した
栄養失調で青い浮腫の死者が出た

人糞尿は貴重な有機肥料であった
小学校高学年では二人で肥桶を担った
人糞尿のバナナを入れるな　と云われた

大根　白菜　南瓜　キャベツなど
学校農園でつくって街へ売りに歩いた
「蛔虫の卵うり」と揶揄された

蛔虫が作物と人体を循環していた
学校では虫下しのまくりを飲まされた
翌朝　何匹下りたか報告させられた
化学調味料　防腐剤　着色料　残留農薬など
避けられぬ食品添加物もある
人体蓄積実験のモルモットたち

弱い臓器から発癌していく
品物の山があふれて病んでいく
癌という字は巧く考案されたものだ

舌愛

四つ足獣の分娩は
舌が手の役目をする
産みおちた　ぬれ仔を舐める

舐めて　舐めて　頭から尻まで
引きずった胞も舐めて食べてしまう
産毛が乾くと　立ちあがる

放乳しそうな母乳の在り処を
うつつで　まさぐり鼻先を
本能がみちびく　刹那

乳房に吸いつく　一瞬
舐めることは　清浄なのだ
舐めあって　睦みあって
毛づくろいもしあえる
舌愛は四つ足獣の　本能愛だ

桃源郷

爛熟の桃をみつめる
桃尻の双曲線の隠処に
美神を密ませている

桃肌のうぶ毛がぬれ
淡い　小さな斑紋になって
芳醇な香を放っている

うぶ毛のうす皮をはいで
舐めまわした味蕾の舌ざわり
みつ汁を呑んだ咽ごしに

瑞気の涙を滲ませた
天下絶品の醍醐味には
「たねぼとけ」が宿されており
思わず舌鼓を打った牧神が
桃源郷に瞑目した

ねぎ坊主

暖冬で　一週間余り季節が先走って
桜の開花に気をとられている　と
ねぎ坊主が　勃起している

急ぎ　ねぎを掘りおこし
根を切りはなして　束に揃える
春を知ったら　ねぎはとう立つのだ

春は目覚めの季節なのだ
白菜　キャベツら球裂して芽を出している
ねぎ坊主は　ひと夜毎に硬直していく

切り揃えた束からも　勃起している
ねぎは精力旺盛な粘液をもっている
その坊主を　てんぷらに揚げると
とっても美味しく　味わい深い　と
熟女たちの手料理が　教えてくれる

好き

たんぽぽの　ぽぽが好き
ヒヤシンスの　シンスが好き
それは言葉に　ほほえみがあるから

九十路半ばになると
空想や幻想することが頭脳体操なのだ
好き　という女の子が浮かんでくる

食べることは　人の下に良とかく
乾杯して風刺の言える
会食が好きだから　身につくのだ

コロナ禍で会食もできず閉じこもった
老人会も　痴呆がふえたという
噺は　家族葬のことばかり

たんぽぽの　ぽぽが好き
ヒヤシンスの　シンスが好き
好き　という字にはユーモアが密んでいる

好き　というこころに
倖せが　いるのだ
好きという字の幻覚には
恋びとが　ほほえんでいる

春雷

白い雲が　ぽっかり浮かんでいる
やさしい　時間が浮かんでいる
雲のかたち　刻一刻　自在変化だ
それは　マリアさまにみえる
または　曲玉のような　胎児のような

ときに　黒い雲がわいてきて
熱風が　春雷を孕ませた
刹那げな　積乱雲の渦巻きが
天空と地上を被い一瞬の衝撃波で劈《つんざ》き
稲妻が　天地をかん通した

春雷のシャワーを浴びた自然界の洗礼に
少女は　目覚めてしまった
うす陽のもれる虹輪の下で生きものたちに
祝福されているようだ

天候は気ままな自然界の生理現象
ところによってはヒステリックな
晴天の霹靂
ときに大粒の雹も降るでしょう

びわ湖・今昔

比良の山頂から　みずうみを俯瞰すると
はるかな湖北へつづく渚が弧を画いて
琵琶のかたちが　ひらめいた
「淡うみや　なぎさの浜が弧を画いて
　湖北観音　琵琶のかたらい」（まさき）

天平の琵琶の音色は湖北観音信仰とともに
琵琶湖と呼ばれたのだろうか
湖北　石道寺の十一面観音は
豊満な村娘の微笑みで媚びてくれる
また　竹生島の琵琶を奏ぜる弁財天も

アルカイックな微笑みも天女が舞いそう
「月も日も　波間に浮かぶ　竹生島
　船に宝を　積むここちして」（西国三十番　ご詠歌）

厳冬の冷え込みで湖底の酸素濃度が高まると
琵琶湖が深呼吸「全循環」するという
満つ潮どきは産土のうめきが聞こえる
「母なる湖《マザーレイク》」の呼称をもつ

びわ湖は海抜84米　大阪城の天守と同じだ
そんな落差の水脈で一四〇〇万人の水瓶になる
「おいつ島　しまもる神や　いさむらん
　波もさわがぬ　わらわべの浦」（紫式部）

九十路の老春

九十路の半ばになった
コロナ禍で裸婦教室が中止のままだが
裸婦は幻想でも描ける

情念を燃やせば詩をつくるのと同じだ
想像力で描けるのだ　その幻覚で描いた
何点かの裸婦たちが　アトリエに揃っている
ときにもう少し羞恥の角度を変えてほしいと
媚びる瞳でこちらをみている

そう言えばみんな苦労して描いた恋人たちだ

尻《ヒップ》こそ眸をひきつける磁場をもっている
某《それがし》の好きなポーズで描いたのだ　だから
もう少しの辛抱だ　と言い聞かせている

そのうち必ず没年がやってくる
そのときは裸婦たちよ　みんな揃って
天女になって昇天しておくれ!!
某のたましいも裸婦たちと昇天していくのだ

そんな儀式が来る前に
『九十路の老春』という詩集を上梓する
「本能美学」という造語の持論の人生を
修了した　サヨナラの詩集です

あとがき

九十路の半ばに詩集を上梓する。『九十路《ここそじ》の老春《はる》』と名付けた。人生は生涯青春でありたい、と誰しも願っている。

七十路の頃から詩と絵のコラボで『薔薇の妖精』という詩画集を出したが、絵が未熟で悔いが残った。その悔いを挽回すべく、再度詩画集に挑戦したいと思っている。

私の詩は抒情的で優しい、と自負している。難解な詩は、その佳さが解らない、だから抒情詩を中心に、美学を密ませた表現が好きだ。「美を愛す　愛すればこそ美し」とは、わが青春の発露だったが、今も変わらない。老いても人間性の原野には、七変化の虹が灯っている。その虹から詩が生まれてくるのだ。

「本能美学」という造語をつくり、本能を客観視できる人間性について考える。

それは生命について、その種が種をつくる生殖本能（作用）を作ったのは神だとすれば、その神を作ったのは人間の頭脳（英知）だ、と考える。

この詩集は近江詩人会の「詩人学校」のテキストで研鑽した作品をまとめたものです。

「詩人学校」のテキストはこの五月で〈八七四号〉になります。

末尾ながら本詩集にご協力くださった竹林館に深謝します。

二〇二三年五月

竹内まさき

竹内正企（まさき）著作一覧

詩　集『鼓動』一九六七年三月十五日　自家版
『母樹』一九七五年十二月　私家版
『地平』一九八一年八月一日　文童社
『定本・牛』一九八五年十二月十五日　文童社
『たねぼとけ』一九八八年七月七日　文童社
『仙人蘭』一九九五年十月十一日　詩季社
『満天星』二〇〇二年十二月一日　詩画工房
詩画集『薔薇の妖精』二〇〇八年四月四日　詩画工房
作詞集『淡湖《あわうみ》のうた　――詞・童話・エピソードを添えて』二〇一四年七月十日　竹林館
詩　集『竹内正企自選詩集』二〇一六年七月一日　竹林館

竹内まさき（たけうち・まさき）

1928年（昭和3年）兵庫県生まれ。
1967年（昭和42年）滋賀県（大中の湖干拓地）入植。

所　属　近江詩人会・同人誌「ふ〜が」「はーふ　とーん」「ゆすりか」
　　　　日本詩人クラブ・日本現代詩人会・関西詩人協会

現住所　〒523-0802　滋賀県近江八幡市大中町66

竹内まさき詩集　九十路《ここそじ》の老春《はる》

2023年8月 1日　第1刷発行

著　　者　竹内まさき
発 行 人　左子真由美
発 行 所　㈱竹林館
〒530-0044　大阪市北区東天満2-9-4　千代田ビル東館7階FG
Tel　06-4801-6111　Fax　06-4801-6112
郵便振替　00980-9-44593　URL http://www.chikurinkan.co.jp
印刷・製本　モリモト印刷株式会社
〒162-0813　東京都新宿区東五軒町3-19

ISBN978-4-86000-499-6 C0092

定価はカバーに表示しています。落丁・乱丁はお取り替えいたします。